사랑법

사랑법

펴 낸 날 2022년 09월 30일

지 은 이 김경희
펴 낸 이 이기성
편집팀장 이윤숙
기획편집 서해주, 윤가영, 이지희
표지디자인 서해주
책임마케팅 강보현, 김성욱
펴 낸 곳 도서출판 생각나눔
출판등록 제 2018-000288호
주   소 서울 잔다리로7안길 22, 태성빌딩 3층
전   화 02-325-5100
팩   스 02-325-5101
홈페이지 www.생각나눔.kr
이 메 일 bookmain@think-book.com

• 책값은 표지 뒷면에 표기되어 있습니다.
  ISBN 979-11-7048-449-3 (03810)

※ 이 책은 **민들레 야학**에서 일부분 지원을 받아 발간되었습니다.

때론 무모하리만치 때론 벅찬 가슴으로,
오늘도 길을 열어간다

사랑법

김경희 시집

생각나눔

사각거리는 소리뿐

사방이 막힌 벽

무(無)의 세계였다

낙법을 모르는 시간만

탈진한 나를 재촉하고

생채기의 심연은 절규를 토해 내듯

벽을 뜯고 칠한다

때론 무모하리만치

때론 벅찬 가슴으로

나는 오늘도 길을 열어간다

2022년 8월 어느 날에….

김경희

목차

제2부 자연의 소망

제3부 희망을 꿈꾸면서

제1부

욥의 기도

욥의 기도

사망아, 어서 오라

지금의 나는 너를 기다린다

언제까지 음침한 어둠이 나를 덮고

나를 갉아 먹고 있느냐

언제까지 그럴 것이냐

차라리 나를 포박하고 데려가거라

언제까지 나의 곁을 맴돌며

나를 속박하고 있느냐

여전히 잠긴 문은 나를 절망케 하는구나

이제는 쉼을 원하건만 나를 내버려 두지 않으니

이제는 지치고

이제는 자고 싶은데 그것도 주지 않으니

휘둘리는 심상은 상처로 돌아오는구나

찢어진 상처는 꿰매야 하는데
내버려 두어 더욱 큰 상처가 탄생했구나
나의 과녁이 향하는 곳에서
돌풍이 나의 전신을 휘감으니 만지지 마라
잠시, 아주 잠깐이라도
나를 내버려 두렴

나는 거룩하신 하나님과 씨름하고 있고,
사망의 음산한 기운은 나를 생포하고 옥죄니
이 육신은 빈곤하고 쇠하여졌구나

위로의 잔도 소용없구나
하루를 만나와 메추라기로 연명하고
하루하루가 시험의 연속이라
살아온 날도 헛것이 되었구나

기근에 메마른 살이여

내 뼈가 녹는구나

상심에 뻐근한 심장이여

눈물이 바다를 적시는구나

때론, 나를 다독이고

노래를 불러도

내 슬픔을 없애지 못하니

내 희망이 죽었구나

이제는 붙어 있는 숨도 내 것이 아니니

소망 없는 무덤뿐이로구나

음부에 있는 것처럼 고통스러우니

슬픔은 슬픔대로

아픔은 아픔대로

나를 내버려 두려무나

위로조차 사치니

모두 나를 불쌍히 여겨라

불쌍히 여겨라

이 고통이 기쁨이 될 수 있도록

나를 낭떠러지로 인도하신 분도

건지실 분도 오로지 그분이니

장막에 울리는 곡소리가 하늘을 때리고

식음에 전폐하니

밤마다 엎드려 있구나

오늘도 한곳만 응시하고 있으니

나의 심연은 하늘을 품고 달리는구나!

사랑법

좀처럼 좁혀지지 않은
너와 나의 간격은 50미터 사이
다가갔다 싶으면
큰 불꽃이 일고
큰 내를 이루니
맞은편만 건너다보는 오늘도
비바람 속에 유숙하고

너와 나의 거리를 측정하는 빠른 계산 속
컴퓨터 프로그램 데이터를 조합해보고
합리적으로 육하원칙을 따지는 재빠른 두뇌
나와 너의 얄미운 사랑법

무엇이 옳은지
무엇이 그른지 모른, 아직은 서툰 사랑이
부딪치며 요란하게 꽹과리 소리를 내니
산이 진동하고

강물이 요동치니
서로가 피곤이랴

그만하자?
그만둘까?
하루에도 수만 가지 잡음을 잠재우는 것은
네가 좋아서
그냥 좋아서
불협화음을 내면서도 달려가는 것은
아직 사랑해
그래도 사랑해

여전히 뒤돌아서면 후회로 얼룩진 심연
그래도 서로를 찾게 하는 공통분모
부조화 속에서도
닮은꼴도 없으면서
N극 S극처럼
끌어당기는 힘의 원천

종달새

지금의 둥지를 접고 멀리 떠나려는

나의 종달새

저녁놀, 어둠이 내려앉으며

사랑 안에서

뜨겁게 불태우던

보금자리를 뒤로하고

날아오르려는 나의 사랑아

훨씬 오래전

너를 보았고, 알아왔지만

지금의 너는

잡을 수도, 만질 수도 없구나

나의 종달새는 결국 떠남을 선택했구나

더 나은 세상을 꿈꾸는 나의 사랑은, 그렇게

발걸음을 재촉하는구나

기약 없는 그리움만 남긴 채

날아오르는 불나방 같은 너

나의 빛바랜 사랑

너를 생각하고 있는 동안

나의 하루는

기억을 껴안고

마음속에는 비가 내리는구나

달 1

심연을 때리는 차가운 손길

싸늘히 만져지는 시간을 식히면서 흐르고

휘영청 수면 위로 늘어진 발자국

그림자에 엉켜 몸서리쳐지던 밤

밝은 여명이 오는데

구름으로 가리어진 고갯마루

일촉즉발 빛의 투시경에 황홀한 인과(因果)

하루에도 열두 번 호수에

어른거린 얼굴을 하늘이 품었다

우수수 쏟아지는 별똥별

무한대의 기호들이 낙화한 활주로

잠 못 이뤄 떠도는 걸음을

존재의 음영이 어둠을 밀어내면

저 멀리서 손짓하는 빛의 분화구에 빨려 들어가고

삼라만상에 파닥거리는 숨결만

달 2

수증기로 솜사탕을 만든 구름

지붕 위 낯선 방문객을 덮은 하얀 연기

짙어진 밤의 덮개를 열고

도심의 행간을 오르내리며

환한 얼굴은 창문에 걸터앉아

누군가의 어깨를 다독이고

눈은 어둠 곳곳을 핥으면서

뜬눈으로 지새우는

이름 모를 꽃

무엇이 그리 부끄러운지

고개조차 들지 못하고

바닥만 향해 있으니

너의 모습

한 번이라도 보고 싶은 마음

어디를 보아도

어여쁜 너의 모습 보이지 않고

나의 마음 애만 태우고 있구나!

씨 앗

누구나 가야 할 길이기에

묵묵히 걷는다

하지만 그곳은 어둠

뜨거운 열기, 몸은

이슬을 맞으면서 썩어가는 것을

느끼는 순간, 순간의 두려움

사라지려는 자신의 몸

바로 그곳, 숨 쉬는 건

절망과 고통

반복적으로 행해지는

산고의 인내를 요구하고

한 번의 탈피를 이겨냈지만

위에는 커다란 바위

아래는 절벽

오도 가도 못 한 상황

부푼 기대치는 산산조각

버릴 수 없어서 하늘을 움켜쥐지만

허공에 내 짓는 차가운 입김에

무수한 상심이 수면을 적시고

홀로 싸워야 하는 이 고독 속에

휘청거리는 심연은

무언가를 갈망하는데

보이는 건

척박한 바위산

어두운 절망의 구덩이에

소실된 희망 사항

상심의 바다를 채울 수 없는 빈껍데기

오도 가도 못한 그 자리

한차례 수반된 고통마저 무감각해지고

창백하게 식은 요람에

영혼은 널브러져 소멸한다

긴 침묵–

고요함 속에 죽은 동공 풀리고

이끼 낀 자리에 나풀거리는 심장 박동

빼곡히 자리한 음영, 찢겨 나간 면적에 햇살 바르고

자신을 완전히 소멸해서야

비로소 보이는 건

어둠 뚫고 내밀던 햇살의 따스함

바람결에 밀려오는 노랫소리

자신을 내려놓을 때

길

가는 길을 몰라

머뭇거리며 망설이고 있습니다

무엇을 해야 하느냐고

그대가 묻는다면

나는 계속 걸어가라고 말하겠습니다

나는 엉금엉금 뭉그적거리다가

아직도 제자리걸음하고 있기 때문입니다

중도에 포기하고 싶을지라도

그 길은 좋은 길만 있는 것이 아니라고 하렵니다

비옥한 땅도 있다면

사막의 모래바람도

메말라 갈라진 땅도 있다고

그래도 가야 할 길이라면 가야 한다고

말을 하렵니다

나도 못한 일을

타인에게 가르치고 있는 나는

참 한심한 사람인가 봅니다

언제나 두 갈래 길이 보이며

하나를 선택하라고 나를 시험합니다

항상 갈림길에 섰습니다

길을 걷다 보면

뜨거운 태양 아래 있을 것이고

비바람도 만날 것입니다

그래도 걸어가야 할 일이 많기에

나는 그냥 걷습니다

그렇게 하루해가 지면

잠시 내 근심 내려놓습니다

폭 우

깊은 심해에 집중 호우 주의보

쏟아진 화살 우박 같다

쌕쌕거리는 음색으로 날뛰는 거리 거리에

간판은 떨어져 아스팔트 위에 뒹굴고

심장은 도로 위에 드러누워 울상 짓는다

무너진 담벼락에 칼날이 넘실대고

공존의 여백을 감싸는 안식처에

물살이 침투해 들어오면

아수라장 틈새로

혼비백산한 심령 떨며 서 있고

개천에 바스락거린 세간살이 흩어지고

거대해진 폭우는

며칠째 성난 눈빛으로 사방을 감시하며 쫓아다닌다

'하늘에 구멍이 뚫렸나?' 황폐한 포효소리

곳곳에 울부짖는 바람의 아우성
맨몸으로 피난 가는 뒷모습 뒤로 삶의 고단함을
끼얹어 주고

시간의 흔적은 지워가고
죽음의 문턱에서도 놓지 않은 삶은
빨려 들어가는 순간에도 숨 쉬고
바닷물이 길을 지운다

골짜기에 으르렁거리는 번개의 진동
몇 날 며칠
신이 하사하신 독주에
한밤중에도 전율을 일으키고

망연자실한 뼈들
그 어떤 것도 항변하지 못하고
짙은 연무에 탄식으로 이어진다

화 가

그렸다, 지웠다

여백의 밑그림을 남겨놓고

생각은 천 리를 향해간다

반복적인 감각을 덧입히면서도

암묵적으로 다가오는 너의 묵비권 행사

포위망은 좁혀지고 숨을 곳은 없어지는데

밑천은 바닥이 보이고

몸뚱이는 추위에 팔딱거린다.

지칠 줄 모르는 열기는 포화 속으로 첨벙

먼 곳을 응시하는 피사체

침묵으로 화답하고

알 수 없는 두근거림은 산을 진동시킨다

바다를 향해 걸어가는 영혼의 울림

심연은 고요 속을 순항하고

초점을 한곳으로 모은다

뜨겁게 타오른 불꽃

섬광같이 쏟아지는 물결을 어쩌지 못하고

나는 너를 쏟아 낸다

나는 너를 토해 낸다

가을의 길목에서

낙엽이 뒹구는 하늘 위로

물을 머금은 나뭇잎, 흡족한 듯

기지개를 켜고

한낮의 햇살

끝없이 펼쳐진 황금 물결 위에 맴돌고

길가에 앉은 아낙네들

들녘의 농부 휘어진 허리 위에 웃음꽃

거칠게 붓질하는 화가의 손길 위에

물빛으로 수 놓인 하늘

이슬에 젖은 대지의 풀밭 위로

한가로이 거니는 연인들의 속삭임

징검다리 두드리는 나뭇잎 떨어지는 소리

절망이라는 이름도 깊이 묻어버리고

소유하지 않은 아름다움으로

이 푸르름을 만끽할 수 있다면

우수수 떨어지는 햇살 아래

나는 두 팔 펼치고

너를 품고.

녹음은 내일을 향해 걸어가면

속삭이는 이파리 사이로

가을이 춤을 춘다

눈 물

휘몰아치는 광풍 속에 나뭇잎이 춤춘다

대문이 들썩들썩

스산한 바람 소리는

어디론가 사라졌다가

거세게 다가온다

몰고 온 구름은

눈먼 소경처럼 하늘을 가린다

두 눈 꼭 감긴 캄캄한 얼굴 위로

흐르는 물줄기는

도시로 바다로 세계로

휩쓸어 길을 지운다

쾅쾅거리는 요란한 천둥소리

구슬피 울고

하염없이 쏟아 내는 물줄기는

가락을 타고 흐르고…

꽃

무성한 나무숲 속

순진무구한 처녀의 웃음소리

살며시 피어오른 설익은 수줍음

아직은 먹먹한 가슴이 부끄러운 듯

꺼내보지 못한 사랑

아직 깨어나지 않은 노래

수그러들지 못한 불꽃은 덮개로 가리고

간간이 흐르는 숨결은 취기를 몰고 오니

내 짓는 탄식은 살을 떨리게 한다

폭풍 같은 강렬한 사랑을 갈망하는데

칠흑같이 깊은 적막만이 감도니

아! 언제나

나의 마음 열어볼까나

속절없이 애달픈 마음

제2부

자연의 소망

바둑판

어떤 것은 너무 많이 생각하다가 잃어버렸고
어떤 것은 너무 서두르다가 놓쳐 버리기도 하니
산다는 것은
시험문제를 풀어가는 과정인가보다

순서 따라 한 단계 한 단계씩 올라가면,
정상에 빨리 도달해 승리의 잔을 들지만

한 번 잘못 들어선 길은
다시
같은 문제를 풀어야 한다

시행착오를 겪으면서
얼마나 많은 것을 잃어버렸는지
내 사랑이
내 믿음이

내 친구가

등을 보이며 할퀴고 지나가니

나는 망망대해에 홀로 버려졌다

무감각 속에 파묻혀 지내기를 여러 해

알게 된다

이 모든 게 누구의 잘못이 아니라

성급함이 부른 참극이란 것을

다시 한 번 패가 돌아간다

어찌할까…

고민하며 집는다

화 살

내가 하는 행동이

무심히 내뱉은 말 한마디가

뒤따를 파장을 염두해 두지 않았다

많은 시간이 흐른 뒤

내가 뱉은 한마디 말을

지나가는 이가 듣고

내가 행한 행동을

행인이 보았다

나의 말은

날카롭게 찌르는 화살이 되었고

나의 행위는

독을 품은 촉이었다

내가

그를

우연히 만났을 때

시간이 돌고 돌아 나의 말은

아물지 않는 향기를 품은 채

여전히

그의 심장에 꽂혀 있다는 것을 알았네

낙하의 꿈

끝이 모이는 지점에서

나는 두려움과 싸운다

처음도 그랬고

지금 또한 어딘지도 모를 곳에 있는 이 순간에도

나는 고군분투한다

그래 맞다

삶은 언제나 불시에 불시착했고

숲을 걸을 때마다

첨벙거리며 물줄기가 공중부양하고 날아갔다

나는 잃은 것을 합산해 보곤 한다

푸른 숲을 부여받았지만

기약 없는 내일

또 다른 우물을 찾아 횡단한다

사막 위에 나무 한 그루

노를 저어 물살을 헤치고 나아가면

소용돌이 급류에 휩싸여

어느 숲 속에 정박한다

멍에는 침묵으로 단정히 하고

일렁이는 물결이 형체를 만들어가니

뿌리에서 올라온 진액이 사물을 붙든다

삶은 자전적으로 횡단하니

그래도 살만하다고

고뇌하고

행간에 놓인 발자취를 뒤돌아보면

잃어버린 아침의 노래가 태양 빛에 매달려 있다

어둠이 성을 내고 할퀴지만

고갯마루에서 뒤돌아보며

까마득히 보이는 절벽

널브러진 그림자 하나를 지우니

또 하나의 숲이 연결되어 있고

꽃잎

산들바람 타고
꽃 비가 펼쳐지면
거리거리 색색으로
다홍치마 만들어
수놓고

발자국 내디딜 때마다
지나온 자리
붉게 물들어
수놓고

그런 너를
내 안에 수놓고

꿈

잿빛 하늘

어둠이 장막을 뒤덮고

한 암자에 웅크리고 있는 사자

어서 오라고 손짓하는

어둠의 무리

부르르 두려움에 떨며

몸은 오그라든다

마음은 공허하기만 하니

이 한 몸 어이 하리오

모든 것이 신의 섭리 안에서

좌우된다지만

마음은 저만치

천 리를 향해 간다

깊은 어둠이 덮을지라도

마음 언저리엔

너의 대한 갈망

언제나 돌아오는 건

공허와 허무

홀로 내팽개쳐진 적막감만

감돈다

새 는

자유로워 보이느냐

부러워 마라
집도 없이 떠돌아다녀야 하는 이 설움을
그대는 모른다

아름답다 했느냐

부러워 마라
때론 그 아름다움이 덫이 되어
자신을 상하기도 하는 것을
그대는 모른다

닮고 싶다 했느냐

때론 바다 위를 유랑하고

때론 이슬을 피하여 잠을 청하고

때론 고군분투해야만 얻을 수 있는 것을

그대는 정녕 모른다

언덕길은 수직선을 이루고

가도 가도 끝이 보이지 않는

방랑자의 인생

소수의 인원이

어느새

만원을 이뤄 항해하지만

발길 닿는 데가 바로 내 집이라는 것을

그대는 모른다

그대는 알지 못한다

자연의 소망

가을비를 머금은 나무들이 쑥쑥 나간다.
계절을 잊어버린 듯, 그렇게
땅의 깊은 수분을 흡수하고
자신의 영역을 넓힌다.

가을의 녹음이 짙어진다
사그라지는 가을의 끝자락이 아쉬워
메뚜기 귀뚜라미 구슬피 울음을 터뜨리고
또 다른 무언가를 찾아 길을 떠날 채비를 한다

조용히 귀 기울여 보면
수많은 자연의 외침
고요 속 아우성 우수수 밀려오고
풀지 못한 수수께끼를 안고서 사그라진다.

모든 것은

광활한 대지를 등에 지고

깊은 숲 속으로 들어간다.

그곳은 신의 영역

아무도 밟지 않는 신성한 땅

다음 기약을 약속하며

땅의 기운을 모으고

조용히 침묵한다.

순 환

계절의 냄새가 퇴색되도록

광활한 대륙을 넘나들 때

유유히 흐르는 유프라테스 강에 그림자 하나

서럽게 흐르는 폭포수 아래

삶의 방언을 재촉하는

태양이

열기도 가득 찬 환호성 터트리고

눈앞에 포착된 그루터기

가느다랗게 숨결 끝에 엮인

얽히고설킨 삶의 직조물

사그라지는 원리에 순응하다

맨살에 닿은 촉감에

울음을 터트리고

어느 한적한 고원에 맞닿은 삶의 향기

풍성한 과즙을 대지 위에 뿌리니

밟고 지나간 발자국 위에 지도가 그려지며

천지간에 한 알의 씨앗이

안착하여 여생을 보내고

몸의 가시가

자신의 살을 할퀴고 지나가자

몸서리치며 봉오리 되어 피어올라

널따란 평지에 꽃이 수놓아져 있고

좌충우돌 시간의 간이역,

불어오는 바람에 퍼즐 맞춰가면서

태어남과 해거름에 이르기까지

반복의 시간

우린 뫼비우스 띠 안에서 살고 있다

땅을 일구고

우물을 파면서

나팔꽃

부푼 가슴 어쩌지 못하고
길게 뻗어 내민 손

살며시 다가온 그대는
나의 키다리 아저씨가 되어 준다

맞닿은 너와 나의 거리
등과 등이 맞닿아 하나를 이루니

새벽이슬 머금고
활짝 펴 오른 결실

고 향

콘크리트 밀림에서 참았던 숨을 내쉴 때마다

푹푹 찌는 방언들

혼탁으로 이 시대의 수척해진 자화상

초췌한 몰골로

잡음이 이는 도심의 빌딩에 갇혀

저당 잡힌 공간에서

허무 속에 오는 갈망

나는 무언가를 찾는다

아련한 가장자리에 대리석을 지고

모래성이 둥둥 떠다니는

맞닥뜨린 우리의 민낯

의식의 흐름을 접목시키면

발가벗겨진 낡은 이목

우림지의 행간마다 까맣게 죽은 마른 잎사귀

이해되는 순간

손가락 사이로 불어오는 바람에

민둥산을 품에 안고

삶의 현장에 단편조각들이

퍼즐 맞추듯 어미의 품으로 돌아가고

바 다

바람의 다채로움은 창공을 선회하고
드넓게 펼쳐진 지도를 주름잡으며
하늘을 때린다

깊은 심연을 걷어차고 가는 폭풍
깨뜨러진 조약
무수한 언어의 행렬
잠자던 옛 선조들의 항변

불멸의 잠을 자던 우주의 법칙
깨어지고, 은하수 너머
얼룩진 대륙을 파랗게 물들이며
바로 내 곁에까지 점령해 들어온다.

가진 것과 잃어버린 것들의 조합
무덤처럼 쌓아 올린 무게의 한계점

거대한 공간 속에 형체 없는 아우성

언제쯤 고갈되어 잠잠해질 것인가?

돌

뚝 치고 들어온 돌 하나가

심연의 바다에 닿았다

쌓이고 쌓인 돌이 한 아름

결국에는 넘쳐, 그 물이 흘러

지평선 너머까지

다른 마을까지

점령해 흡수해 갔다

뜨거운 물결

터져버린 물살

하나둘 이 산 저 산

점령해 들어간다

때론 거칠게

때론 소용돌이치면서

회오리를 몰고 오는 거대한 태풍의 눈,

요동치는 물살!

깊숙한 내면의 세계를 뚫고

심연의 바다까지 헤엄친다

그 돌이 떨어진 자리

우리의 심연의 밭

얼룩진 그루터기

남은 것은 커다란 블랙홀!

갈 대

올곧은 심연이 무엇을 보았을까?

한 꺼풀 벗겨진 얼굴은

지상 구석구석 핥고

주마등 같이 휩쓴 소용돌이

뒤죽박죽 흔들리고 있는 것이라

산

너무 커다랗게 보여서 숨었나

너무 깊어서 물들었나

까마득히 보이는 그 먼 길

벌거숭이 된 채

걸어가 보면

어느덧

어머니 품속

제3부

희망을 꿈꾸면서

터닝 포인트

버려라

더욱 움켜쥐었습니다

어떤 말도 들리지 않게 귀를 막았고

그것이 전부처럼

내 뜻을 굽히지 않았습니다

버려라

밑으로는 시퍼런 바다가

입을 벌려 삼키듯 서 있었습니다

두려움에 떨며

그대로 있었습니다

버려라…

버려라…

내가 못하자

신이 버리도록 했습니다

천천히 서서히

움켜진 것을 펼치면서

끝났다고 느낄 때였습니다

비로소 마주한 진실은

바로 그것이

시작이라는 것을 알았습니다

사랑의 묘약

어여쁘고 어여쁜 사랑아

터질 듯한 심장에 피어오른

내 사랑이

꽃망울을 터뜨리며 나를 구속한다.

우슬초로 몸을 닦고

밤의 향연 속에

사랑의 입맞춤으로 너의 몸을 어루만지니

나는 푸른초장 위에

내 사랑과 달콤한 밀어를 나눈다

너의 향기는 자연 속을 달리는 싱그러운 향음

나의 심연을 깊은 숲으로 인도하며

사랑이 잠들기 전까지 노래하니

사랑아!

이제야 너를 찾았구나

이제야 너를 알아봤구나

내 사랑의 결실, 심장과 심장의 연결고리

너는 우주 공기같이 나를 숨 쉬게 하고

너는 내 살과 뼈로 된 분신이 되었구나

사랑이 나의 혼을 빼앗아 갔나니

내 심연은 포화상태에 임했네

나는 내 사랑 무릎에 누워

감미로운 노래를 속삭이며

날마다 내 사랑을 찬미하고

사랑의 단잠을 깨우는 파수꾼의 나팔 소리

둥지에 찾아온 낯선 자의 침입

내면을 점령한 괴한의 피습

혼비백산한 나만 남고

내 사랑 보이지 않는구나

슬픔으로 뒤범벅된 침실에
빈 향초만 환하게 비추고 있나니

짙은 상심 너머 하늘 아래
눈물로 걸어가는 발자국에 바닷물 넘치고
낭떠러진 내 사랑 울고

찾아다오 내 사랑을
찾아다오 순전한 내 사랑을
향긋한 선율을 켜고
사랑을 부르고 있나니
너의 얼굴 보여다오

어두워 내 사랑이 보이지 않고

골짜기마다 흐르는 아픔의 강도가

하늘을 뒤흔드니

내 사랑이 지면에 수놓고

내 사랑이 포도 덩굴에

그림자 질 때

폭풍의 적막에 도달한 심연이여!

오지 못한 내 사랑아

장막에 불을 밝히고

나의 사랑 찾고 있나니

이 밤에도

눈물로 베개를 적시고

어머니

12시간 노동의 잔을 들어 마시고

열두 고갯길 마다하지 않고 걷던 길목들

물레질로 짓무른 손길은

자식이 도모하는 일에 전심전력

안위는 뒷전 독수공방

시작을 알리는 종소리에

식당으로 공장으로 품팔이하던 어머니

가득했던 반항기 농성에 어머니 마른자리는

피폐해지고

일탈의 행위에 휘어져 가는 등을 등한시한 공백들

티격태격 선 긋기에 바빴던 환경은

낙하의 쓴맛에 고주망태로 있을 때

굵직하게 당신을 할퀴고 지나가는 주름살들

굳은살의 일상이 가느다랗게 숨소리로 바뀔 때마다

또 하나의 변화를 가져오는

인사말로 전하는 안부

자욱한 가시밭에 허우적거릴 때

잃어버리고, 잊고 살던 우리를

안내하는 건

어머니의 기도하는 모습

나 무

만물은 대지의 움직임대로 살아가고

쏟아지는 각종 원자 소화해 내면서

배탈이 나는 신열에 우주의 동력을 구합니다

구현해내는 엽록소 생명을 내고

각자 다른 빛깔로 왕래하며

우주를 품은 향취는 초록을 연주합니다

때론, 항로의 상실감은 소란한 쟁탈전에 치닫고

주사위의 무게감은 공백의 누수로

물결의 흐름은 고요 소리만 울릴 뿐

뙤약볕에 희멀건 해진 전신에 휘갈겨진 낙인

매장당한 내실은 철거민의 존재로 남아

안팎으로 이끼가 덮여 잠든 순간에도
묵묵히 그 자리를 포괄하는 시간들

저 멀리 보이는 대지의 북돋음에
뼈들은 하늘에서 땅끝으로
관통하는 비문마다 격렬한 날갯짓으로

용해된 페이지에 미지를 함축하는 삶을 싣고
감각의 계단에 뻗은 공약
사전탐사 신호탄은 도약의 주파수

구심력은 무한을 보면서, 그렇게

거리의 자화상

도심의 태양은 강렬하고 많은 사람이

정글에 둥둥 떠다니고

군중의 열기가 조용히 대지를 달군다

하단에 앉은 주춧돌, 넓게 펴진 하중의 무게들

각자의 삶 속에서

각자의 안위 속에서

수십 개의 얼굴이 마주 보고 있다

바깥은 '타인과 타인'이란 말이 전광판에 쓰여 있다

덤불숲은 판독 불가

불온의 시대에 향락은 포화 상태로 엉켜 비벼대고

불온의 계절에 피곤함에 지친 노동자가

석양 속으로 발걸음 옮기고

살아 있는 모든 것은 낮에 왕성하게 활동한다

해풍이 대지 위에 펄럭이고

숲에는 미생물들이 값을 지급하고

세월은 톱니바퀴 사이로 고속으로 돌아간다
격동적인 화젯거리는 값을 반영시키고
시간이 생각을 파괴시키며
돌발적인 법칙들은 적개심을 낳고

때론, 호소력은 범선을 회향하게 하고
모든 상황을 반들거리게 길을 닦고

우주 공간 안에 둘러싸인 삶의 궤도
비탈에 세운 주사위가 점철되어
생명력으로 팔딱거린다

출발선에서부터 삐끗한 길목…
무작위 숲, 왕성한 식욕, 제멋대로인 욕망,

불건전한 영웅 흉내…

폐기를 모르는 감염자들

무질서한 각종 무리가 거리를 장악하며

각자 냄새를 가지고 달리고

층간 소음이 주는 교훈

젊은 나이에 집 장만했다고 친구들의 부러움을

한몸에 받던 너

하나둘 늘리는 재미를 들린 너는 휴일도 반납한 체

앞만 보고 달리기를 여러 해

장성한 자식은 컸다고 너의 곁을 떠나고,

친구의 왕래도 끊어진 지금

황폐해진 너의 일상인데, 너만 모르고 지내니

안타깝구나

모처럼 맞은 휴일

클래식 음악을 틀어놓고 사색에 잠겨

흐뭇한 기분을 만끽하고 있는 너는

너의 왕국을 방해하는 쾅쾅거리는 소리 점점 커지니,

귀에 거슬린가 보구나

얼굴이 점점 찌부러지고 새빨갛게 김이 오른 너는

아랫집으로 향해 간다

마주한 젊은 남자는 굽실거리면서 양해를 바라고

아이들은 거실 한쪽 귀퉁이에

눈치 보며 서 있는 것을 본다

너는 기분 상하고 풀리지 못한 마음으로 뒤돌아

나오지만

하루 이틀…, 계속된 소음 소리에

결국 폭발해 버리고 마는구나

너는 씩씩거리며 아래층으로 향하던 중,

그 남자와 부딪친다

너의 입에서는 험악한 말이 나오고,

남자의 심기를 건드린다

지금의 환경에 젖어,

지난 일은 까맣게 잊어버리고 사는 너

어려운 시절,

이 집 저 집 셋방살이 전전하며 돌아다녔다던 너

비좁은 방 안을 숨죽어 다녔다던 아이들

시끄럽다고 올라온 이에게 잘못을 구하고

괜히 아이를 나무라 놓고,

괴로워 술잔을 기울이기도 했다지

어린아이가 있다는 이유로 쫓겨나야 했던 일이

엊그제 같다고 말하던 너인데

세월이 흐른 후, 너는

집을 아름답게 가꾸며

국밥집에서 설렁탕 먹는 대신,

레스토랑에서 밥을 먹는 너는

자동차를 몰고 유유자적 구경하러 다니며 살더구나

집 장만하고 설레던 마음으로 밤잠을 설쳤다던,

그때를 완전히 잊은 듯

지금의 상황을 이해 못 하는구나!

너는 너의 달콤한 낮잠을 방해했다는 이유로

그의 말은 너의 귀에는 들리지 않는가 보구나

더군다나, 서로 얼굴을 붉히고,

급기야 막말이 오가며 몸싸움까지 하더구나

네 이웃을 본체만체 등 돌리게 하는 너도,

한때는 그들처럼 살았을 때도

있었을 땐데 그때를 잊어버리고 사는 너를 볼 때에

마음이 아프더구나!

건널 수 없는 강

지하 단칸방에서 시신 한 구가 발견되었다

3단 서랍장,

옷을 담아놓은 종이박스가 구석진 곳에 있을 뿐

이름 석 자와 가슴에 얹혀 있는 빛바랜 사진 한 장

사는 고향도, 친인척도 없는

혈혈단신 몸으로 외로이 살다간 할머니의 넋

세월의 정반대에서 살아온 나날

고이 묻어 둔 상흔이 망망대해에 내놓아졌다

눈물이 던져주는 사연은 오장육부를 뒤흔드는

한 여인의 얼룩진 비망록을 따라가면

1942년도 전라남도 어느 마을에

암묵적으로 다가오는 거대한 손길

돈 몇 푼 벌려고 따라나선 길이

살아생전 볼 수 없는

영원한 단절을 부르는 서글픈 향연

열대여섯 살 나이로 불모의 땅에 유배된 채

일렬로 선 천막, 움막집을 짓고 살아야 했던

모진 세월

빨래하다가 잡혀 온 이들

길가에서 끌려왔다는 이

각자의 서글픈 사연을 껴안고

괘종소리 울릴 때마다

한 명 한 명 거쳐 간 수많은 낙인

하루에도 수십 번씩

순정을 짓밟혀

육신은 깊은 나락으로 떨어져 가는 고난의 연속

단 하나 고향에 있는

부모 형제자매 만남을 기리며 참던 세월

한 해 두 해 시간만 헤아리며

기다림은 곱던 얼굴은 한이 서린 깊은 주름살로

뒤범벅되고

하얀 서리가 내린 머리카락은

흉흉 바람이 지나가도록

이곳 저곳도 속하지 못한 이방인이 되어

사무친 그리움과 설움은

끝내 피멍이 들어 가슴 무너지니

오늘도 참혹한 꿈속을 배회하다

향년 80세 되던 이듬해

사진 한 장 가슴에 품은 채

한 많은 생을 놓는다

숲의 초상

봄, 여름, 가을, 겨울 개혁기를 맞았다
숲이 개방의 신호탄을 쏘면
확인된 사실에 복받치는 내면의 의식
태양이 주기적으로 회전하고
지면이 젖어 들어간다

나무가 땅의 터널로 뿌리를 내리고
자신을 창조해 나간다
산과 바다에 유영하는 무수한 미생의 행렬
달빛이 수놓은 반딧불이 길을 밝히고

오늘도 대지가 삶의 진동을 알린다
숲이 일어나 햇살을 듬뿍 취하고
빗줄기가 흠뻑 거리를 적실 때
조율하지 않은 산들바람 허공을 유랑한다

들쑥날쑥 멈춘 시간이 나를 깨우고 지나가면

숲 속 가운데에 덩그러니

유배지에서 맞이한 아침처럼

먼발치에서 새들의 합창은 희미하고

선명하게 다가온 죽음이 입맞춤한다

풍만한 자연의 품에 바다는 달린다

짙은 해무가 대기 속에 넘실거리고

사막에 핀 강인한 생명력

수면 위에 떠오르며 하나로 이어주는 숲

햇살이 바다 위에 비추며

바닷속의 섬유질에 가지가 뻗고

디딤돌을 딛고 지나가는 무성한 발자취

대지 위는 평화로운 안식처

비와 햇살에 풍만한 유산,

바람의 노랫가락

나른한 단잠에 들어간 숲은

가지런히 놓인 선명한 삶을 모으고

춤

통통! 튕기는 음향에 길들고
몸짓은 리듬에 함몰된다
격정적으로 노출된 운율

몰입으로 가는 길목
어둠과 빛의 경계선은 갈라지고
장엄한 바다가 해일을 품고 덮친다

빛으로 쏘는 군주
물 위에 누인 햇살

깊은 선율에 매몰된다, 내가 나를 삼킨다
내가 나를 품는다

강변 강가에서

버드나무 살랑살랑

나의 얼굴 만진다

무슨 말을 하고 싶은 것일까

넋두리라도 하려는 것일까

자신을 봐달라는 신호일까

알지 못해 답답하기만 한데

길게 뻗어 온 부드러운 손길

나를 감싸듯 안는다

실바람이 아카시아 꽃잎을 흔들어

향기를 뿌리면

어느새

은은히 퍼지는 향기로운 맛이 난다

언제 적 맞아본 향기인가

마치 한 발짝 내밀면 다가갈 것 같은

어머니의 체취가 나는 것 같다

나는 너를 닮고 싶다

그리운 고향을 닮은 너를

벽

용산 남일당 건물, 옥상에 어둠을 뚫고

폭죽이 터진다

무리 속 늑대가 하늘 높이 올랐다

그는 아가리를 벌려 양을 움켜쥐고 물고 늘어지자

엎드려진 이에 새겨진 선명한 얼룩

군중은 침묵하고

그들은 이방인이 되어

우리의 형제를

우리의 이웃을

우리의 친구를

외면하고 짓밟는다

건물 바닥에 사람이 우르르 쓰러지고 있다

부푼 꿈 아래 10년이란 시간이 버림받는 것을

목도한 아버지,

손길이 스며든 20여 년의 사랑이

허망에 봉착한 형제,

채찍과 몽둥이로 밟고 달려드는 그들의 포악에

갈가리 찢긴 심장

바로 그들은 어제까지 어깨동무하던 친구였다

바로 그들은 어제까지 웃고 떠들던 내 이웃이었다

바로 그들은 어제까지 내 친지였다

재개발이란 이름 아래 철거민이 된 우리는

불법 시위를 한 죄인이 됐고

살기 위해,

살고 싶어서 나선 일을 그들은 폭동이라 부르며

우리의 하소연에 소환장을 발부한다

친구였던 이가 우리를 향해 최루탄을 쏜다

이웃이었던 이가 우리를 향해 물대포를 쏜다

친척이었던 이가 우리를 향해 달려와 잡아간다

그들은 우리를 테러범이라 말한다

그들은 우리를 죽어도 된다고 말한다

그들은 우리를 간첩이라고 말한다

경찰의 선두지휘 아래 쓰러지는 절박한 터전

용역의 무자비한 발길질에 짓이겨진 미래

우리의 굳은살은 피고름이 나도록 생명으로 지켰고

폄하하는 그들은 불화살을 쏟았다

망루가 하늘 높이 올라 화염에 뒤덮어 가지만

그들은 토끼몰이하듯 창칼을 들고 달려든다

우리의 외침은 연기 속에 사그라져 가고

뭉뚱그려진 몸에 여기저기에 고인 상흔

버림받은 형제의 싸늘한 주검이었다.

우리 국가가 6명의 죽음을 만들었고

우리 사회가 대중의 말에

귀 기울이지 않았던 결과물이었다

아버지는 장례도 치르지도 못한 채 방치되어 있고

아들은 짐승처럼 포박하여 끌고 간다

그들은 우리를 사상범이라는 말로 낙인찍었다

끝내, 그들과의 거리는 좁혀지지 않았고,

가로막힌 언어는 막을 내렸다

공권력이 투입되어 우리의 터전이

송두리째 짓밟히던 날

우리의 소망이 콘크리트 바닥으로 추락했고

우리의 희망이 불길에 타들어 가는 날

민주국가를 외쳤던 수많은 희생이 뒤따랐고

홍건히 젖은 핏물이 가득 고여 있던

그 날의 참혹한 광경을

그 순간을, 우린 잊어버린 것이 아니다

가슴은 말한다

고여 있는 그 날의 외침은

풀어야 할 숙제로 남았다고

검은 불길에도 꺾이지 않는 우리의 신념과

오뚝이처럼 일어나는 자유의 열망은

지금도 용솟음치고 꿈틀거린다

결코, 정의는 죽은 것이 아니라 살아 있음을 알기에

지금도 우리는 불의와 싸우고 있다

사람들아! 똑바로 보라

무릎 꿇지 않고 말하고자 했던 흉터의 자화상을

사람들아! 눈을 뜨고 보라

아직도 의문 속에 잠자고 있는 우리의 아픈 사연을

사람들아! 귀를 열고 들어라

서로 공존하는 평화의 나라가 될 수 있도록

광장을 가로지르며 외치는 소리를

병

심신이 지친 영혼은

쉼을 원한다 하면서도

못다 한 생의 미련이

절박함으로 승화될 때

자신의 모든 것을 쏟아붓는다

미련한 사람아!

어서 빨리 낫기를 바라지만

어찌 사람의 마음대로 될까나

모든 것이 하늘의 뜻에 있건만

미련한 인간은 스스로 하려다 망친다

어리석다, 어리석다

무지한 그대여!

어서 속히 깨어나라

어서 빨리 깨달아라

모든 것을 내려놔라

미완의 완성곡

갑작스러운 충격이 나의 곁을 흩고 지나가자
움푹 팬 숲이 말라 비틀어 놓여 있다
덩그러니 남은 빈터 위로
건물 사이로 보이는 한줄기 빛줄기는 심장을 훑고
저 멀리 올라 간다

끝없이 이어진 붉은 기둥 뚫고
먹구름 뒤덮인 층간 계단에 웅크린 달그림자
폭풍의 바다를 신고
우뚝 멈추어 있는 건조한 밤
심연은 찬 이슬 맞아가며 있고
빗물을 흠뻑 머금은 시간만 나의 방을 비춘다

바라나 무얼 원하는지도 잊어버린 채
어둠은 더욱 어둠 속에 질식해 들어가고
혼돈의 시간은 그렇게

내면에 진입해

도취하여 가고

속전속결로 치닫는 강 하류

도착해 다다라 멈추어 있는데

사방에 튕겨 나온 물줄기의 거품

하늘의 기류를 만들어 내고

끝없이 펼쳐진 우주 공간 속에

웅크리고 있는 별 하나가

어느 건물 옥상에 떨어져

단단히 얼어붙은 벽을 허물어트리면

다시 세우는 미완의 서곡

촘촘히 쌓여가는 모래성이

넓은 바다로 흘러 하나 될 때

종횡무진 달리는 망각 위

장막으로 뒤덮인 초입엔 하얀 된서리 한주먹

꿈틀거리는 바람 소리 흘러들어오며

조용히 나부대는 차가운 심연은

순간의 찰나에 휴전 상태에 일체화되고

시계추는 본능에 따라

생명의 근원을 찾고

절벽에 매달린 죽음을 받쳐

삶의 범선을 달고

어둠 속에서도 내일을 소망하고

긴긴밤은 아침을 기다리며

21세기에 우리의 과제는

구겨진 손을 맞잡고
닫힌 공간에도 조화로운 윤택함은 절정을 맞고
광활한 광산을 찾아 잘 짜인 각본대로
질서정연하게 움직인다

어떤 주체사상이 만들어 낸 방법은
바벨탑 심장부 조합하고
중력을 연설하는 폐부에 찬 확실함은
예측할 수 없는 검은 손이 불꽃 행사함에
모퉁이에서 전갈이 수문을 터트리고
휘갈겨 뭉친 먼지들 불덩이 투척

오염된 강산에 죽음이 흐르는데
스산한 오후에 토네이도를 섭렵한 행위들
곰팡내가 자욱한 숲의 잔상에 파행으로
얼룩진 고성

금지된 계절에 이상기후들이 감지되고
뻣뻣해지는 발작 증세에 도피처를 찾다

검은 고랑에 일렁이는 모래는 소용돌이 방류
삭막한 아파트 정원에 집중적으로 유해성 진리 쏟고
콘크리트 박물관에는 사치품의 조각상이
모순적으로 반짝거린다

썩은 이빨의 풍요한 광고가 책상 위에 펼쳐져 있다
첫머리에 묘지의 군상을 고용한 선언문
다소곳이 무인감시기가 우리의 행동 주시하고

인위적으로 순환하는 계절
쨍쨍 내리쬐는 정오의 팔뚝이 심장을 찢어 비틀고
골목마다 죽음이 널브러져 있는데
반짝거리는 적색 발령은 함구령

곤두박질치는 세포든

웅크려 숨통 따리 틀고

낱알의 분비는 비용절감 도구 원료

넘어진 생명을 탐사하는 현미경

건물 모서리에 정착한 무겁고 피곤한 몸뚱이들

선택의 기로에서 흐느적거릴 때

화력발전을 세계화하는 낭독이 매스컴을 탄다

헐벗은 결혼 생활 폭염 밀려오고

한 톨의 자양분, 가위질하는 줄기세포

속삭임도 멈춘 도심

철옹성 같은 불가항력적인 민낯

"유독 물질 – 들어가지 마시오."

드넓은 초원은 금기사항 푯말만

암묵적인 암시만 되뇌는 일상

배타주의를 바라보는 이 시점에서

어떤 것이 옳고

어떤 것이 그른지 잃어버린 심장만

별

별이 다가온다, 나에게

하나의 별이 시리도록 투명하게

가슴을 관통하며 지나간다

서서히 천천히 그 별은 나를 흡수한다

하나의 몸짓을 휘저으면

수많은 모습을 가지고 아스라이

꽃 피운다

아첨하는 혀는 독이 묻어 있을 수 있으니 조심하라

혀의 달콤한 말은

순간은 유흥을 주지만

그 안에는 사망으로 가는 길이 많으니라

충고하는 입술에는 채찍질이 따르나니

훈계의 말은

순간은 아프지만

뒤돌아서면 유익으로 돌아오는 일이 많나니

지금 당장 즐거움을 만끽할 것인가?

나중 일을 도모할 것인가?

어떤 길을 갈 것인가는

자신에게 달린 일

희망을 꿈꾸면서

우리의 단면이

새로운 면모를 발견할 때까지 우리는

사막을 횡단해야만 하리라

삐끗거리는 잡념이 고개를 내밀며

무성한 나무 사이를 헤집고

들판을 달리는 야생마처럼 길들어지지 않은

심연은, 또 다른 모험을 찾게 되리라

피상적인 예측불허를 안고

달려가다 보면 눈앞에 보이는

경이로움에 찬탄을 쏟으면서도

무의식 속에 비인륜적인지를 합리적으로 더듬거리며

수만 가지 가지치기한다

때론 황무지를 개간하고

때론 암초에 걸려 넘어지고

때론, 인위적인 착시효과에 눈이 멀게 할 것이고

그 모든 것도 지나간다

빙하가 녹고

녹음이 태양열에 불타고

사막화가 형성되고

눈물샘이 마르고

갈증에 허덕이고

있는 자들은 더욱 부유하게 되고

없는 자들은 더욱 가난하게 되고…

그러나 똑같은 경험을 쌓게 되리라

먹을 것이 없어지고

추위와 공포

재해와 기근이 겹겹이 찾아와

생존으로 서로서로 굴복시키는 시대가 오리라

경각심을 가져라

곧 망각으로부터 고요한 평정이 찾아오리니

누구나 불완전한 조우를 하게 될 것이다

구태의연한 변명을 늘어놓은 얄팍한 심연마저

그리워지고

뜬 눈으로 죽음 같은 길을 건널 때

대안을 찾게 되리라

그리고 만나게 될 것이다

너의 일그러진 얼굴도

너의 수그러진 마음도

서로 서로가 그리워질 때

황폐해진 건물 너머 들녘, 돌무덤으로 뒤덮인

그 안에서도 새싹이 돋아나고 있는 것을 보나니

수많은 역경과 난관에 부딪히고 상처받아도 그것도

어느 순간 지나간다는 것을 알게 되리라